KB214890

청어詩人選 486

붉은
심장뿐

허영화 시집

청어

붉은 심장뿐

허영화 시집

시인의 말

시간은 너무도 빠르게 흘렀다.
이름조차 부르지 못한 채
문득 떠오르는 기억들은 뒷모습조차 미웠다.
서운했던 시간들과 화해하는 일은
여전히 낯설기만 하다.
그러나 무엇보다 전하고 싶던 사랑을
새로운 날, 새로운 희망 속에서 수없이 되뇌었다.
새 희망이 서린 사랑은 그렇게 호소력 있게 다가왔다.

우리는 쉽게 보내지 못하고, 차마 내려놓지 못한 채
편치 않은 시간 속에서 허덕였다. 그 방황의 틈에도
이루고 싶은 것, 이뤄내고 싶은 꿈들이 여전히 많았다.
변화하고 싶은 감정에 휩싸이면
누구에게도 말할 수 없는 특별한 시간이 되었다.
첫사랑의 흔적처럼, 조용한 약속처럼.

다음 날 아침이 되어 말수가 줄고,
머릿속에서 만남과 이별이 점점 흐릿해져 간다 해도,
마음만은 줄 수 있는 사랑으로 남기를.
고단한 마음을 지켜주는
그런 사랑이 곁에 머물기를 바란다.

차례

2부 키스가 말해준 것을

3부 가을로 가는 길을 묻기에

4부 숨어 보는 별

1부

끝이 보이는 길

귀가하는 길목
생에 빈자리
모여든 유서처럼
살며 더러는 진한
수고로움 모두 다
말하고 싶은
마음 채우는 길

청린(聽憐)

푸른 여름의
빛나는 마음
깨워줄 대지 위로
새벽녘 솟아오르는 해
진실한 마음

삼킨 그리움은
마음속의 사랑
묻어둔 한 줄로
날 부르는 운명 같은
보고픈 당신에게

그리운 님 소식
다 바쳐 쓰고,
잔잔하게 품은 인생
열정으로 껴안으리

겨울비

잎 지는 계절이
저 달빛 가까이
하얗게 다가올수록
그사이 깔리는
은밀한 한때가

가슴 안으로 숨어
아직도 그날의
함께 보낸 마지막 이별
다 흩날리는 길에서

우수수 떨어진 잎들
약속했던 날은
오늘 밤 그리움

기억에서 사라지고
남은 겨울비,
내 등을 두드리며
날 부르는 것 같다

사랑의 고백

그대여, 꽃샘바람에
그날 밤을 함께 보내고
그대 날 좀 더 가까이,
너그럽게 평생 돌아온
네 계절이 그렇게 나눠져
순간 봄의 부풀어 오른
그 마음이 드는 때이니

봄 마중 빠른 탓
벅찬 가슴에서
화단에 핀 튤립의
마냥 수수한 얼굴
그것은 꽃이었나

그렇게 우린 또다시
창백한 시절보다
때이른 정다운 이야기로
소곤대는 한 인생에서
오랜 화음을 휘감듯

그대 떠오르는 봄이면
좀처럼 헤어질 줄 모르는
떨어지지 않는
그의 빨개진 얼굴처럼
글을 쓰고 있고

사랑하는 한,
입 맞춘 아름다운 봄이 오듯
아, 이젠 내가
하늘 위로 날개를 달고서
그댈 붙잡고 놓지 않겠소

솟아오른 콧대

산속에서 산을 바라보다가
잔풀을 밟으며
물기 어린 오솔길에서
미소를 담고 그저 서로
닮았느냐고 물어보았다

웅, 코가 큰 것이 닮았지
동화책 동산 어디에서
공주님에게 이쁘다 말하듯
그럼, 콧대가 높고 이뻐

어쩜 그려놓은 듯
콧대가 솟아있었고
사계가 결국 여름으로
백번 천번이라도 되돌아가듯
웃는 여자만큼이나 예쁘단다

보고픈 수선화

지난날 밖에는
흩어지는 눈발
창문을 다 열어놓고
며칠 구경했었다

추억이 되새겨지는
초연한 아침이면
언제나 다시 볼수록
상기되어 아름답고

노란빛 먼먼 마음
얼굴로 감추어도
그렇게 곱고 고와서

때론 안개가 내리고
두근두근 수줍지만
남몰래 고집 센 나를
끌어안고 사랑했음을

겨울밤

저녁이 되면
바람이 불어
보고픈 그땐
미련한 가슴

밤하늘 별
뜨겁게 불어와
나의 영혼은
빛나는 별천지

들판을 가로질러
날개 펼치고
나직이 날아가듯
하늘 가득하다

붉은 심장뿐

봄날 찬 바람 속에
쫓기듯 보고 있으면
아름다움 보고도
더 비울 것 없는 날

차마 붙들지 못해
결국 흐느끼며 흐드러진
심장처럼 붉거져 서 있는
저 자목련을 보라

붉은빛 박동할 때마다
그대 이야기 향기로와서
사진 속 남겨진 얼굴
혼자 말없이 보고 섰네

시클라멘

하늘 흰 구름은
빛나 부드럽고
조용한 사흘 전
가슴은 달아난 듯
서리같이 피어나
마음 이어주는
속삭일 사람 없으니
빈 하늘에 흩어지오

그대 늙어서

어쩌면 내 생의 끝에서
당신을 잊을 수 있으려나
나 홀로 들리는 여전한
노래가 밤새도록 함께
말리지도 못하고 듣잔다

곤줄박이 날아간 들판
아득한 길은 혼자 가게 두고
오직 마음은 사랑했음을

그 사랑은 어떠한 마음보다
유일한 영혼, 마른 바람
차디찬 밤 뜨거운 그대
없이, 홀로 이렇게 슬픈 것을

축복한 땅 파괴되지 않도록

꽃이 활짝 피어 아리따운 이 봄,
꽃들은 조금씩 모든 샘터에서
눈을 휘감는 아름다운 모양으로
신비로운 꽃잎은 사랑이겠지요

우리의 고운 마음은 서로를 감싸고
이 시간 흰 종이에 쓰인 당신의 이름은
파도가 덮쳐와 휩쓸려 지워버리겠지요

당신으로 가득 차 있는 비문의 이름,
전쟁의 고통은 슬픔으로 새겨 두고서
젖은 땅끝을 헤매게 만들어 버리겠죠

그대들, 무모한 전쟁으로 나의 머릿속에서
머무르지 못할 추억과 시간을 잃어버리고
황망한 야산 어디에 눈여겨 줄 사람 없이
아무것도 남기지 못하고 묻히고 싶지 않으니까

언젠가 헤어진 우리가 함께 사랑하는 순간
돌아와 무릎 꿇고 세상에 감사하는 대답 떠올리면
오랫동안 죽음에 이르는 고통스러운 깊은 상처
그런 온몸에 피가 흐르는 구할 수 있는 생명을

오, 그렇게 귀 기울여 사랑의 소리를 기억해
세상 한마음 속에 무수한 우리 삶의 평온처럼
드높은 우리 모습으로 모두 함께 어우러집니다

임종

저녁 무렵 저기 보이는
도홍빛 도는 강 너머로
흐르지 않는 허약한 꽃

마지막까지 곁에서
누군가가 내 바람을
지켜주고 들어주길

아끼고 사랑하는 사람아
다시는 만날 수 없어,
일생을 옭아맨 외로움
반복되는 기억에 젖어

감정이 사라지는 시간
저기 흐릿하게 보이는
적막한 끝으로 먼저 떠나
관을 짊어지고 가리라

바람에 온몸 흔들며
눈 감고 태어난 날
하루의 끝에 떨리는
날, 멈춰놓고 기억해 주길

촛불을 껐던 순간
의지할 사람 없이
뼈만 이승을 떠나는
기도는 외침!

하얗게 죽음을 기다리는
찬 심장은 견딜 수 없어

육신은 울음을 터트릴 뿐
흙 묻은 신발
산 그늘로 곁을 적시어,
뼈마디마다 바람소리
아 아! 슬프다

내가 아는 눈빛

우수에 잠긴
가냘픈 달
마치 여인 같아
난 단지
볕이 좋은 날이면
땅으로 잔잔하게
계속해서 떨어지는
꽃이 곁에 쫓아와서
그렇게 도시 위에서
붉은빛 머금은
눈길을 놓았을 뿐

가슴 한구석까지
글썽이며 맺힌 꽃들이
먼 연민인 양
내게 바짝 다가와
이유 없이 우린
잊지 못할 시간
다 잊고 돌아오라고,
어찌 된 일인지
순간 콕콕 충혈된
눈으로 끌려드는 눈동자

목련인 줄 알고

봄에는 담장 넘어
가지마다 매달린
하얗게 핀 순백의 미소
따라가며 올려보고
밤낮으로 기다리다
내 눈꺼풀 위
한낮의 고운 꽃,
선명하게 바라보고 서 있어요

자욱한 향기 속에서
사랑을 나눈 것처럼
가만히 눈 감아도
그대 빛으로 물든
아득한 꽃 곁으로 걸어왔어요

동백꽃 늙거든

부드러운 미풍이 불어
끝에서 끝으로 천천히
파고드는 겹꽃으로 핀
아름다움 시들지 않게
봄밤에도 사랑했을지,
내 모습 대신할 저녁노을
자리 붉어 향기도 깊다

초승달

까맣게 타버린
어둠 속에서
고독한 얼굴은
베인 모습일까

몇 날 며칠
지새운 밤은
아무래도 마음이
좀 더 다가가서
파고드는 밤

어둠 밝혀주는
마른 빛 안고
말을 걸게 된다

유혹의 엘레지꽃

쏟아지는 따뜻한 봄
햇살 한 아름 받으며
그 틈새로 꽃피우고
꽃이 어여뻐 그대로
나무 그늘 아래 홀로
앉아 꽃이 되고 싶다
봄길을 다 뒤덮던
보라색 꽃이 필 때마다
모든 걸 지우듯
시인은 남몰래
담배라도 태워 물고
가슴에서 달아나버릴까
타오르는 꽃잎
떨어질까 하염없이
붙잡고 살아왔구나

붉어진 달빛을 따라

오래된 마른 잎
떨어지는 꽃샘추위에
저토록 처연한 달빛
언제일지 모를
이 가슴 떨게 한
지독하게 엉겨 붙은
묻지 않은 사연으로

마음은 늘 허전한
미혹의 밤 누우면
가까운 꿈길에 홀려
떨고 헤매다가
지난 이 밤에
날 보듬던 품속으로
어슴한 얼굴 감추었구나

끝이 보이는 길

하루가 다 저물어
짙은 우수 곁으로
외롭게 스민 시간
낯익어 더욱 익숙한
내뻗은 길목에서
그냥 외롭고 지친
소소한 마음 나누며

귀가하는 길목
생에 빈자리
모여든 유서처럼
살며 더러는 진한
수고로움 모두 다
말하고 싶은
마음 채우는 길

그 길목을 지날 때면
하루가 길었다고
실은 딴 이야기하러
걷는 순간 여기서

벼르던 봄이 오듯
당신 모습 그려졌고
산그늘 진 부산에서
이 기나긴 길 따라갈수록
무디게 차오르는 생각들
그리고 오후의 볕

겨울비 연가

겨울밤 하늘은 스산한
빗물이 내려
그저 바라보기만 해도
몽롱한 저 달

날 안아주며 파고들었던
떨리는 입술
이대로, 그날의 오랜
기억 떠올리면

부르지 않아도 그리운
그대 모습으로
내 마음에 새하얀 눈이
올 것 같아서

2부

키스가 말해준 것을

이 세상 어느 곳에서도
불사르는 빛 되어 터질 것만 같아
모든 아름다운 달빛 아래
들뜬 마음 감출 수 없어
어쩐지 내 심장 더 붉어지오

배꽃이 필 때면

꽃이 사철 사랑받던
기억은 하룻밤 새에
꽃이 폈던 그 자리에서
저 푸른 하늘 가까이
종일 볕을 기다리는
유난히 하얗게 핀 꽃잎 꽃잎…

그것은 얼버무린 머릿속
기억해 두고, 다시 찾아온
그 안도의 한숨 내쉬며
가꾸고 싶은 온화한 정원에서
봄은 벌써 문을 활짝 열고 들어와
여윈 고뇌의 가지 끝으로
정갈하게 피어납니다

애끓는 목구멍 저 아래
쉴 새 없이 눈물 흘리며
돌아와 준 분들께 여전히
여로에 인사를 전하면서
서러웠던 상처 미안함과 고마움

온갖 많은 불평할 사람들로
비참했지만, 다시 찾아온 안정
가슴이 미어져 목이 멥니다

떠올리면 뒤늦은 생각으로
소식이 뚝 끊어지면 그때처럼
날마다 더디게 기다리는 후회
그럴 때면 마음은 온화하게

내일이면 솟아오른 하늘로
그렇게 안부를 다시 묻고 싶은
새겨놓은 한결같은 이름,
그리고 복사꽃 속삭임의 향기
나뭇가지 위 꽃잎, 터트립니다

야망, 그것은 빛

그때 떨고 있던 잎
그 무엇이 아까웠던
숨 멎은 뒤늦은 호흡

근심과 두려움으로
허탈한 뒤섞인 감정
아홉 번 죽을지라도
옳은 일 위해서라면

더 값진 이 길 위한
허전한 그 붉은 심장
결국 후회하지 않으리

뒤돌아보는 얼굴

그러던 어느 날에도 기다리던
시간은 복받쳐 다시 흐르고

바람처럼 몰고 온 생각나는 얼굴
차마 기대고 싶었다 말 못 하고

차갑기만 한 그대 입술 떠올리며
몰아치는 마음, 매일 서러웁다

키스가 말해준 것을

흐린 날씨 때문인지
나도 모르게 외로워
베란다 창은 열려
커튼이 바람에 흔들릴 때
욕망의 무지갯빛 바라볼 뿐

겨울 저녁이면 감미로운
그의 모습에 전율한 채
가슴을 떨게 하는 눈동자
밤이면 시들어 쓰러지는
늙어 말라버린 참나무처럼

그대 향한 기다림은 쓸쓸한 대로
파닥파닥 떨리는 심장 소리
지금 호흡이 멈춰버린다고 해도…
단숨에 돌아와 서서
이마와 코 아래 입술
밤새 첫정인 듯 키스를 하오니

이 세상 어느 곳에서도
불사르는 빛 되어 터질 것만 같아
모든 아름다운 달빛 아래
들뜬 마음 감출 수 없어
어쩐지 내 심장 더 붉어지오

내게 말해준 소원

얼마나 행복할까
주어진 길을 따라
비린 가슴 비워내면
흙이 뿌리를 잡고
맨발로 꽃밭을 일군
소중한 언덕이 되어

살갗의 촉을 세워
촛불 켜는 순간
마지막 인생인듯
꽃물이 꿀이 되듯
건강한 모습으로
나를 그리고 당신을
꿈을 바라는 마음

마지막 한 번만 꼭
보살펴달라는 까닭
겨울에는 당산나무
곁에서 하늘 향해
약속하며 기도를

사람과 사람 사이
바라고픈 모든 마음
믿는 마음은 순간,
흔들리며 살란 말씀
바다보다 좋아서
돋아난 기도를 한다

송도 그녀

초가에 뜬 한 조각
달빛, 연분홍 빛깔로
흠뻑 머무르는 마음
깊은 밤, 애긇는 맘
읽어도 읽어도 모를
그리움만 노래하니

불현듯 내 곁을 떠나신
모진 육신도 함께
연날리기할 것을
술잔에 고이 담긴
낮달이 뜬 모습으로
이내 당신은 머물러,

무덤 앞 매섭게 스치는
유수의 세월을 넘으며
묻힌 소망 하나
널,
잃고서야 불러 볼 테다

*황진이

새해맞이

동녘 떠오는
햇귀 물드는
하얀 기다림에는
미래를 약속하는
새 해가 뜨고

서로를 축복하는
같은 느낌으로
언제 어디서나
세상 아름다움

모든 이들에게
함께하시길
해운대에서
소망하는 새 아침

어머니의 속옷

뭉클한
어깨 너머로
낡아 다 헤진 옷
오래된
어머니의 얼굴은
눈처럼 하얀 얼굴
오래전
바람의 그 끝,
잡아당기고 있지

애월 카페거리

첫 노을이 붉어
향기를 피우고
갈채로 펼쳐지는
한 묶음 엽서

떠 있는 달
촉촉한 귓가로
가슴 넘치도록
퍼지는 파도 소리

잊히지 않는
흩어진 시간
이름 모를 새,
미풍에 내려앉은
은빛 적시는 초저녁

내 손 안 놓으려고,
꽉 잡은 그대
손잡고 들어선다

서귀포

바람을 마중한 길
그 더딘 걸음,
실은 어서 달려가
안기고 싶은
설레는 마음

내 마음까지
까맣게 익은
그대 봄빛 있었기에
그지없이 아름답다

황금향

산 그늘지고
앞섶 여미는
한 몸 같은
젖을 뗀 늦둥이처럼
베이는, 내 모습은
그 진한 향기마저도
첫사랑처럼 설렌다

고운 빛

차오른 여명의
맑은 향기 피고
날아오르는,
짚을 문 새의
날갯짓에
가슴 벅찬 숨결

처음 그대를
만날 때처럼
해와 달 은하수
내려앉은 자리
바라보는 저녁놀
붉디붉은 강
유유히 바라보는
마음속에 울림,
꽃잎 흐르는 강
따라서 앞서간다

하늘에 뜬 달
밤, 스쳐간 자리
초롱꽃 잎 다 가려도
발길은 제빛으로
빛을 틔우고

날이 밝으면
한참을 바라보고 싶은
남빛 강에 펼쳐진 윤슬이여

꽃 속에서도
가슴속 바람 부는 대로
돋아나는 빛 감돌아
꿈을 꾸듯 반짝인다

가을 편지

어스름한
오렌지빛 저녁 하늘
그대로 너른 품
불어오는 바람에
너를 잊은 듯
병꽃 잎 떨어지고
나의 추억처럼
갈 곳 없는 열매는
홀로 쌓여 아로새긴다

가을 밤

달빛에 머무는
마른 나뭇가지
서걱거리는
밤을 지새우고

처마 끝으로
떨어지는 낙엽
그리운, 내 안에
그 부대낌으로
갈무리하는구나

고백하는 날은

먼지 덮인 길 위
따라서 또각또각
겨울 어느 날 오후
아련한 시간에
나오지 못할 것 같아
인연 없는 기도
그날의 계절처럼

당신을 까맣게
잊고 있던 기억,
가슴속은 이미
떨어진 입맞춤
일부러 다가간
그대의 생각은, 날
좋아하면서도 어렵다는 것

한나절 바람 때문인지 더
한심하게 보는 것 같아
그대 꿈속일지라도
그와 난 갈 길이 달라,

밤낮 없이 사랑을
마지막으로 한 번만 더
두 손을 꼭 잡고서
간절한 말 몇 번이고
긴 밤 잠 못 드는
겨울비 소리에
헤어보는 놓친 날은

어쩌자고 되돌아가 보아도
행복한 가슴이던 때,

토닥토닥이는 겨울 빗소리
그날 머물러 있는 당신으로
묻혀서, 기억되기 때문이다

논매미

하늘에는 기다리던
무지개 떠올라
속 좁은 논둑길을 지나
자그마한 모판 볍씨
비슷하게 움을 틔우고
뜨거운 가슴 한편으로
볍씨 품은 자궁은
묵묵히 걷는 농부의 모판에서
안도하는 모를 논에 심고서야
마침내 벼가 되었다

마음을 달래주던
간절한 기도 들어준 것일까
천천히 논매미 소리 여운만이
호흡하듯 알찬 벼 휘감고
어제쯤부터 귓전에
외진 곳, 고달픈 농사를 빗대어
자식 농사에는 내공이 쌓인다는
옛말 새기며, 옹이처럼 굳어
있어야 고마운 줄 안다

할 말 대신 뜨거운 가슴 한편으로
버텨준 마지막 호흡으로
다시 오지 못할 것 같아
일 없이 울어대던 논매미의
시름, 그 마음 달래주고 싶었다

불꽃축제

붉게 물든
단풍만큼이나
가을의 끝엔,
그토록 바라는
새로운 세상도
열 수 있으려나

나에게는
보이지 않던
어둡던 장미
그것의 유일한 빛
그토록 바라던
마음이 오더라도

그것은 아름답던
나의 유일한 빛
이제 가시 같은
나를 찔러서 보면,
그제야 사랑을
터트리고 터진다

연인이여

정작 할 말이 남았을 때, 거기
오늘 밤 당신이 보고 싶소

초라한 연민으로 보았던 당신
두고두고 깊숙이 안아 보고,

곱스런 웃음 마음에 넣어두고
사라질 때까지, 그 외롭던 밤
이 순간은 영원히 간직하고 싶소

겨울비 오는 날 어딜 가도 좋을
가슴 멎는 순간까지 사랑하겠소

잃어버린 시간

밤새 하얀 빛 눈
멈출 수 없이 내린 흔적
이별한 내 가슴
미치게 흔들리는 순간
힘겨워 울었다

초점 잃은 그대를 잃고
긴 세월 감아 버린 눈
그곳에 이전처럼
널브러진 내 마음
눈물을 내주어야
보낼 수 있을 것 같아

점점 좁혀오는 상처
가슴 안고 돌아보면
민망하게도 넘치는
기억 하나 얼룩질 때

끌어안은 시간과 기나긴
하얀색 기억 두드리며
부르지 못할 이름인가?

은방울꽃

고적한 밤
고개 들지 않은
외로운 여름
어느 날 나의 몸
떨어진 열매처럼
늙고 둔해졌을 때

거짓 없이 그때도
기나긴 세월
자주 입맞춤
나누었던 당신
손끝을 기억하네

비의 잔상

어젯밤부터
곁에 젖어 오는
날비 오는 소리
끌리듯 느낄 때

창문에 숨은
작은 매미처럼
달라붙어 비 내리는
창가를 바라본다

하얀 시간 속으로
그립던 그 모습
드리운 여름
꽃 아름답던
작은 산수국도 따고

추억 속 향기 시들 때
마음 헛짚고 아프게
갈라놓은 자리 위
비 끝에 가닿는
미움 모든 소망 흘러가

순간이었지만
작달비 여운을 남기고
한 가닥 쏟아붓는다

장마와 카푸치노

장마가 오면
정전된 가슴속에
짙게 유혹하는
향기에 빠져 버려요
푹신한 솜털 거품 속
뽀얀 우유 그린 마음은
하루가 달콤한 꿈

밤을 함께 보낸
향긋한 카푸치노
잊었던 기억을 더듬고
머지않아 마음을 적시며
내리는 이 비도
지치면 그칠 겁니다

민어

때때로 부는
얄팍한 바람에
솜털 같은 맨드라미
보슬보슬 나풀대고

높은 가지끝 매달린
매미 소리만 듣다가
마침내 콧방울
벌름거리는 물고기의
더딘 아가미처럼

마음에 둔 근심
묻어 잊고 간 것처럼
부드러운 치정의
속삭임으로 휘감는다

병어조림

여름엔 온몸
벗겨지기 쉬운
푸른빛 띤
일그러진 모습으로
소리 질러도 소용없는
야살스러운 맛
잔가시 핑계로
목을 매고 아파도
되새김질하고픈
너그러운 맛이니

3부

가을로 가는 길을 묻기에

남은 사나운 상처는 잊은 체 하고
눈물로 대신하는 그대라고 다르겠어요?
비바람에 흔들리지 않는 바위에 핀 꽃
우린 서로에게 아무도 모르게 져버릴까요?

추억을 되살리는 밤

외청빛 밤하늘 아래
밤늦게 평상에 앉아
황금빛 일렁이는 달
한없이 행복한 빛,
어둠을 깨고 바라본다

너무 짧은 사랑의
태엽이 감기고
돌아가도 듣지 못한
톱니바퀴가 외로워
똑딱거리는 벽시계
말라버린 눈물로
스스로 해칠 뻔했던
사라져 보이지 않는
퉁퉁 부어오른 얼굴

여름밤이면 별빛
내려앉듯 나의 이름
불러주는 것 같아
이 하늘빛 영혼 속
가시덤불 같은 날
작은 마음에 담아
밤하늘 외로운 자리
아, 보내지 못한
흔들어 보는 마음
넓게 헤아릴 수 있을까

가까스로 슬픈 눈동자
흘러내리는 눈물방울
가슴에 묻혀, 차라리
제멋대로 바보인 척
싹을 틔우고 드리운다

한여름의 지옥

활활 타오르는
붉은 혈관마다
속 보인 탓일까
여름의 문턱을 넘어
행복한 얼굴로 그린
무너진 화장처럼
가볍게 외설스럽게
보잘것없는 뙤약볕
일생을 걸고 피어난
그을린 꽃 한 송이
독이 자라난 것처럼
열기는 따라붙어
뜨거운 여름 땅속
미치듯이 함정 속으로
똬리를 틀고
마당에 시들어
반쯤 미치고 있다

원룸 신세

홑몸도 서러운데
따닥따닥 이빨
부딪히는 것처럼

냄새 풍기는 밥이
아닌 이만저만한
절벽 같은 생각 따라

머릿속은 무심한 벽
함께 섞이지 못한
매질 소리 울린다

한평생의 빛

다만 볕이 잘 드는 곳으로 가
더듬더듬 불덩이 같은 당신 눈
어루만지고 손 떼지 않고 싶어라

다만 살랑살랑 코앞에 스미는
바람결에 부는 그대 냄새가 나
한결같은 그대의 손길 느끼며
언제까지나 키스할 수만 있다면…
문득 그대 굵은 미소가 떠올라

입술을 꼬옥 깨물며 바라보던
그대 옛 모습은 한평생 빛으로
가는 세월은 추억 속에 아득하고
안타까운 추억 포옹할 수 없으니
생각만 하는 먼 종소리 울려오면…

사랑의 두려움

하룻머리부터
하늘바라기 하다가
나를 생각하면
가슴속 내리꽂히는
벼락처럼 그대로
몸에 박혀 두려워요
숨 뻐끔거리며
신들린 듯 틀어박혔던
침 삼키는 소리
잿빛 재로 변해서
하늘은 보이지 않아요
기다리며 속에 묻어요

석산화

흰한 달이 없는
외떨어진 곳
칠흑 같은 밤
한곳에 머물러
서로를 알아챌까
이미 걱정하는 삶,

가을로 천천히
바스러져가는 날
조용히 소리내어
돌아가 한 번 더
날 불러주겠소…

노란 국화의 유혹

눈을 가리고도
더듬는 앙가슴 사이로

보드라운 끝자락 닿아
뚫고 지나가듯

제 몸 여는 소리까지
수근대는 바람결
머뭇대다 꽃피운다

묻혀 있는 마음

오, 제멋대로
어둠 속에 숨어
슬프게 우는 것인지
깨어진 하룻밤
미칠 듯 겨워 우는
얼굴의 너였기에
그리고 지운듯
그리는 그대 품
쏟아지는 푸른 밤
달아나 눈물로 묻고
마음으로 이토록
상처로 문질러 보네

가을로 가는 길을 묻기에

오래 머물기 어려운 슬픔으로
아무것도 안 묻고 다 잊고져
머물 수 없는 인생의 바다 바라볼 때
참으로 가혹하게 끝없이 떨어져
다만 늘 가슴속에 남겨진 허전함
간직하면서 붙잡고 말 걸고 싶었어요

지금까지 버리지 않는 마음은 하루만 더
비참해지도록 한 사람 곁으로 비켜서서
나는 또 홀로 낯선 팔에 안긴 것처럼
진실로 가는 길은 어디로 가나 멀고

남은 사나운 상처는 잊은 체 하고
눈물로 대신하는 그대라고 다르겠어요?
비바람에 흔들리지 않는 바위에 핀 꽃
우린 서로에게 아무도 모르게 져버릴까요?

입술을 적신 와인잔을 내려놓고서
멈추지 않고 묻는 이 마음은 부풀어
실은 잊지 못해 그대를 보낸 방황하는
마음 감추고 고개 숙여 되뇝니다

가을의 흔적

한때 잃었던 사람아
가을,
나의 시 속에서 얼마나 잤는지
가을에 담긴 기억 잊고 있다가
누렇게 변한 나뭇가지 아래
구덩이를 파고 일어나지 않는다
불붙은 고통이 멀어질세라
곱게 물든 빛 시들기 전에
가엾이 돌아와 떠날지라도

가을바람의 함정

선홍빛 비치는 창문으로
기다리는 아침이 밝아오고
가을날에 묻어오는
바람이 불어올 때마다
흩날리는 꽃잎이었을 벗은
알몸으로 미련한 마음,
못 믿을 바람을 막지 못해
어디에 어디로 갔는지
떠들어대고 멈추지 않고
서둘러 달아나 버렸다

이상한 계절

훤히 바라보이는
누런 보리밭 겹겹이
불꽃처럼 번지며
10월에 쫓는 여름 재촉하고
이상하게도 대답
못하지만 들을 수 있을 것 같은
옛 눈짓은 상처가 되어 열리고
심장을 뜯고 발을 멈춘다

멀리 떠나지 않는 한 가지 기억
안쓰러운 등 뒤로
검은 머리 빛깔
이대로 기다리는 것 같아

항상 걸어가는 길 위
맞은편 골목에 서서
창백한 내 이마의 진땀을
발견한 듯 올려보며 닿지 못한
간판을 쳐다보고 있다

가을로 가는 길

깊숙한 자작나무
핀란드 숲길을 걸어다니며
뜨겁게 드리운 햇살
쉼 없이 걸음을 재촉하고
시름은 가고 낙엽이 잊혀진 날

오래도록 생각해 보고
마음속으로 드러난
핀란드 자작나무 숲에서
때때로 고통을 겪고

서로를 아껴 닮아서인지
가슴이 타버리고
연인에게로 가닿는
잃었던 시간 되살아나

임경대

하늘의 구름을 걷어버리는
가쁜 숨 꼿꼿하게 뻗어
유유히 흐르는 강물 빛

돌아갈 수 없어 스며들어
함께하지 못한 긴 세월
지키려고 바라보는 눈빛이

뒤돌아서 되돌릴 수 없는
긴 생각에 묻히는 것을

가을이 묻기에

주저앉아 있던
길고양이 쫓아온 날
오래 머물기 어려운
차디찬 바람
그림자, 떠나간 구름
닿기도 하고
그대 하나만 믿고
기다리고 있던
나에게
오래 머물 수 없어
부서지는 것이지요

낮빛 청담헌

빛에 싸인 가을
언제나 눈떠 있는
아름다운 자연을 향해
새로운 인사를 한다
그야말로 가슴속
움직임은 사색으로 달려서

세월 속 잊은 듯 남아
깊숙이 묻고 어루만지며
마음을 가라앉힐 때
가을날 가슴 벅찬
물든 빛과 쏟아지는 햇살
보여주려 부르는 것 같아

세상 가득한 그 빛,
창조하여 밝힌 아름다움
가슴속은 갈수록 환해지고
filled overflow
soulful로 드러난 청담헌
머리 위로 파란 가을 하늘이
드리우고 계절은 다시
향기와 꽃으로 말해주네

가을빛 흐르는 강물 위
붉은 두 볼로 퍼지는
고귀한 바이올린 소리
티 없이 가슴에 다가왔기에
그리고 함께 있으면
빛나는 아침처럼 화사하게
피어나는 더 빛나는 감동,
그곳에 기쁨이었다

기억에 물든 저녁이면

총총총 연달아
끝없이 줄지어 서 있는 별
이 순간 샛강 가장자리
그 옆에 서서 하염없이
바라보고 바라보고
귀에 못이 박히도록
언젠가는 터질 듯
내 마음 그때 생각이 나

그렇게 연분홍빛
달콤했던 우리는
의미 없는 말을 늘어놓고
지저귀는 곱던 목소리
되뇌며 잊지 말도록 해
부드러운 빛으로
어둠 속에 홀로
아낌없이 남은 기억
스치고 불을 지피고
잃고 버렸으니까

다만 지금 이 순간
달빛 별빛 반짝이는
제 모습 감춘 이곳
어느 보름밤
다시 여기 남아
오래전 엇갈리는
끝나지 않을 긁힌 이야기
외로운 나 붉게 물들인다

오늘도

따스한 볕 물결 들 때
아담한 마당에
한나절 활짝 피어나
춤을 추는 들국화
다물어지지 않는
사이사이 그 모습
줄지어 반짝반짝이고
툭 터질 것 같은
해맑은 웃음으로 피어나
다정한 마음 어루만지며
시인의 손 흔들게 한다

꿈틀거리는 밤

바짝 여윈 저 달
창밖 가리는
또 밤이 왔다
벌써 오래전에
냉소적인 표정을 짓고
텁텁한 진한 향수
냄새가 나는
밤차를 타는 건 싫었다
창백한 웃음 보이는
아파트 빈집들
입덧하듯 내버려진
통증은 더 자란
생각을 매만지고
나는 밤늦도록
돌아오지 않는
머뭇거려지던 기억
천천히 기대어
아끼는구나

고개 들어보니 수능

엄마가 되었고 사랑을 알고
깨우치는 느낌 속 인생에서
사랑하는 딸이 선택한 하루,

현실처럼 느껴지지 않을 정도로
바이올렛 꽃을 따는 순간이 오면
시랑을 듬뿍 주거나
사랑을 듬뿍 받거나

어느 날 새벽마다
노래하는 새처럼
밤낮으로 무척 외롭고
말할 수 없이 힘들었을 텐데
살갑게 다가가 꼭 안아주고 싶구나
"그동안 애썼다"

살며 더 즐겁게 덜 고민하며
지금 내가 알고 있는 걸
두려워하지 않고 그대로
용기를 내어주기를 바라며

더디고 천천히 다가오는
온갖 달콤한 붉은 꽃망울처럼
언젠간 아름다운 꿈으로 피어나는
너의 모습 뽀얗게 그려보는구나

모시

초록 잎 돋던 여름을 지나
한 해 전부터 낮과 밤마다
가늘고 하얗게 빚어내느라
훌훌
누운 자리 참아내느라

한 해는 떨어진 낙엽이 되고
드러나도록 하얗게 물든
스쳐지는 빛나던 이 순간

마음은 새벽 빛깔
오래 머물고 싶은
기억으로 바라볼 때
사랑으로 남아있으리라

가을 하늘로

마른 낙엽 몇 잎
흔들리는 몸부림으로
한때는 슬픔이었던
지난 일들이 스치우고
한순간 지분거리듯
피하지 못해 숨어드는
닳지 않는 두려움
호숫가 물안개처럼
조용히 파고들 때
새벽마다 달래듯
가을과 함께 내려앉아
종종 지저귀는 새소리
노란 가지 꽃보다
높은 자리까지 날아
멈추지 않고 오르는
모습, 보여주고 있다

고독의 시름

한 시간을 머물지 못한
한밤중 불빛을 켜고
축축 녹아내리는 순간,
아직 남은 마음을 채우려
머리카락을 땋아보고
머리카락을 엮어보고
그저 앞으로만 가는
높이 떠도는 바람 바람,
모퉁이에서 돌아가기 전
묻고 멈추었다면

전깃불 켜는 캄캄한 밤
흘러나오는 부드러운 음악과
샴페인 잔을 채워줄
반짝이는 불빛들
무리 속으로 어울릴 때
오랫동안 하염없이
대신 시름에 잠긴 빈집,
홀로 자리에 누워
기다리고 멀어지는 마음
이젠 나도 잊을 때니까

둥근 문이 뜬 달

어둠 속 멀리
산을 바라보며
흐린 보름달
겨우 붙들어 안고
가슴은 젖은 구름

밀어내고 되돌아오는
품속에 사무쳐
슬픈 손짓으로
누굴 기다리나

4부

숨어 보는 별

가슴속 스며드는
조용히 상처 입은
내 눈에 영원히 비친 빛
희망 품은 영혼에 갇혀
내 가슴에 드리운 밝은
별은 어디에서나
기도할 수 있는 이유만으로도
이 세상에 더없이
눈부시게 하십니다

사랑, 풋사랑

온갖 낙엽들이 섞여
밟히고 거닐 때
차갑게 들에 핀 꽃
목마른 다정한 눈빛은
깨진 비밀 하나
자라나 기다려 온
너의 고운 손가락
깍지 끼고 들려오는
어루만지는 진심
온 세상 버리고 떠나온
마음 안 이야기들 따라서
이젠 꺾은 꽃다발이건만
바람을 쐬어 보아도
뜨겁던 하얀 한순간
어린 눈빛 떠나지 않고
부끄럽게 여기지 않은 채로
내미는 손 어루만지네

사랑스런 보름달

오직 마음속에는
하늘 높이 떠도는 구름 따라

바람 속에 달아난 그림자
그만 모습을 감추고

하늘에 먹구름 드리울수록
내 마음 달 속에 갇혀

온종일 서로 꼭 껴안은
하늘에 새길 빛나는 이름,
남몰래 바라보고 바라볼 뿐

전쟁의 비가

세상 밖 장벽 너머로
어둠을 뚫고 빛으로 이끌린
숲, 영원토록 우리가 밝힐 길
흰옷을 입었을 뿐인데
저토록 요란하게 몰아닥친
나라 안팎 서둘러 가는 길
서로 풀리지 않는 갈래갈래
천둥소리 커진 날 전쟁터에
이끌려 생각보다 먼저 참전한다면

뻗은 산하에 흩어진 상처 그려지고
기대어 울 어깨마저도 없이
문 넘어 덜컹거리는 밤이면
남겨진 지폐 위 눈물 흘리고
우물 길에서 마른 목숨 잃을 겁니다

숲속 계곡 따라 흘러내리는
젖은 소리 한없이 슬프고
운명을 넘긴 젖 물리는 저 물길들
어미가 되어 간청하건대
늙은 통증으로 아우성친
궤도 이탈한 솟구치는 고통,
목매고 드러내 원망할 의미는 없는 것

목숨 걸고 하얗게 핀 국화 꽃잎
햇살은 길 위 멀리 떨어져 있는
굶주린 사람들의 행복한 함성 비추고
절망 같았던, 깬 지 오래된 아침이 오면
가슴속 검은 구름 밀어내고
열정을 품은 희망 두드리며
그칠 줄 모르고 모여도 좋은 겁니다

가을의 밀어

해무가 묘연히 짙은 아침
낱낱이 떨어진 흐린 생각
어깨 너머로 들려오는 소리
점점 흐려지는 낮은 시선
길고양이 핥아놓은 오늘 밤
빗물 속에서도 들리는 말,
되돌려 전해주고픈 말을

달 그리며

귀갓길 목마른 잎
시간은 빛에 쪼이며
외로이 서 있는 전나무
싸늘한 바람에 떨어진
바스러지는 낡은 잎새

쓸쓸하고 작은 어깨 너머로
지금 홀로 익숙해지는 밤
내게 묻는 전하고 싶은 말

달을 따라갈 수 없고,
얼굴을 숙이고 움츠러드는
그가 잠시 안쓰러웠다.

어느새 이 밤 멀리서부터
마음 이끌려 바라보았고
멈춰놓고 다다른 곳으로
난 시로 그에게 닿아야 했다

전쟁의 슬픔은 낙원으로

줄지어 선 나무 숲속의 길
축복의 무리를 벗어나지 않고
빛이 지지 않는 새벽은 낮으로
우리는 아름다움 바라볼 때
지나가버린 날의 다정한 행복
다시 수십 년 전으로 되돌아가서
오래도록 덮여 있는 붉은 땅
땀 흘려 살며 서로를 원망하지 않는
낙원은 사랑으로 가치를 더했다

힘겨운 세상일수록 부서져라 방황하는
잘못된 근심의 날갯짓 이어질 때,
슬픔이 드리운 눈물로 약해질 수 없고
다 함께 하늘을 바라보는 전쟁의 고통,
포기하지 않는 진정한 사랑 빛 된다면
차디찬 바람에 평온한 날들 어두워질수록
밤늦도록 잠 못 이루는 불행은 끊겼다

숨어 보는 별

가슴속 스며드는
조용히 상처 입은
내 눈에 영원히 비친 빛
희망 품은 영혼에 갇혀
내 가슴에 드리운 밝은
별은 어디에서나
기도할 수 있는 이유만으로도
이 세상에 더없이
눈부시게 하십니다

하늘이 보이지 않는
지하는 모르는 채로
겨울 다가와 침묵할수록
다가오는 마지막 빛처럼
단 하나, 빛에
만나지도 못할
내 눈을 마주치기만 해도
겨울, 겨울이
그대로 한자리에 박힌 것처럼
이어질수록 깊어지는 빛입니다

나뭇잎 흩어지기 전에

떨어질까 손 맞잡고
서로 가지에 붙어서
잃을까, 흔들리고 있는
빛바랜 달도 기울어
가엾은 빛 어둠 속에서
지난밤 생각했었지

잊혀진 그대가

나를 비추는 거울
좀 더 가까이에서
매달려 있는 시간처럼
숨어 거슬렸던 시간
남기지 못하고 벗어날 수 없던
우리가 처음 만났을 때
10년이 더 흘러도

그대 마음은 깊숙한 몸에 품고
언제나처럼 매일 낮 생각하고
들판 어디에서나 볼 수 없는
그대에게 안기고 사라지는 내 모습

달밤 꽃구경하듯
몰아치는 꿈 꾸던 밤
진흙에 묻히고
다시 여민다

외로우니까 돌아오라고

활활 타오르던 길
걸어갈수록 밝아서
붉은색 비단 같았고
영롱한 찬서리 맞으며
숨어 거슬렸던 시간
그래, 그대 또한 외로운 사람

한겨울 갓 핀 붉은 동백꽃
첫눈을 녹여 희게 피어오른 서리꽃
붉은 잎사귀 들판에 가득한데
이젠 더 이상 그대 볼 수 없는
남기지 못하고 벗어날 수 없던
자리, 아련히 비친 모습 바라본다

겨울 달콤한 그날은

오늘 온종일 가슴에서
당신을 바라고 있는
당신을 만난 첫날은
사랑의 신이 나한테
노래하는 파도를 건네었고

가슴으로만 느껴지는
세상에 둘도 없을 용기가
내 영혼으로 만져지는
그 달콤한 말을 속삭여
내 마음 들추던 날이 되었죠

어긋난 선긋기

힘겨운 세상일수록
내 가슴 뜨겁게 하는,
세상 함께하는
진정한 이유일 때가
희망일 때가 살며 가득하다

어두운 땅 위에 꽃
하늘을 향해 고개 들고
한세월 땡볕에 서서
그렁그렁 맺힌 이슬 버티고
삭혀가며 함께 살았건만

언제나처럼 하늘에
먹구름 내려앉을 저녁이면
사랑만이 함께한 시간만큼
하루가 멀다 하고 물기 없는
손 닳아지도록 매만졌던지라

꾹 참아가며 흐릿해진 기대 향해
더 자주 짊어진 날갯짓
한 줌 흙길에 엎어져서
기억해 내는 뻐꾸기 울음소리
더욱 열심히 부흥하려고
과거로부터 지나온 여정
들리지도 않고 걱정뿐이더라

단 한 사람의 인생이라도
진정 알아차리지도 못한 채로
이어주는 벽 무던히 따라가다가
짧은 인생에서 홀홀
털어내 버리더라도

사람으로선 불행한 일,
세상 마지막 힘을 다해
밖에서 두드리는 노크도 없이
그래선 안 되는 것 아니겠나
게다가 겨울 거만한 바람이 불면
불안에 떨게 하는 표정으로
부끄러운 줄도 모르고

애써 송두리째 바친 내 가슴
쩌렁쩌렁 저릿한 돌덩이 같은 등
미치도록 떠밀고 있는지

사랑의 그림자

십이월 늦은 저녁
찻집 한쪽에 앉아
노래가 들릴 뿐
내 마음속에 있는
내 것 같은 사랑
마음속에 그리고

믿기지 않을 만큼
오랫동안 내 마음
억누르던 사랑이던가

그렇게도 마음속까지
만져지지 않았던
어릴 적엔 그냥 붉어져
부끄러워하면서
멋대로 여물지 못해

분명히 생각나게 하는
시고 떫은 보리수 열매
맛, 기억하고 있을 뿐인데

애달픈 달

밤이 돼야
머리를 들어 높이
쳐다보게 하는 것은
만져지지 않는 고통
먹먹한 침묵으로
가까이 느껴보지 못하는
보이지 않는 두려움으로
아직도 너만을 생각해
거기 멀리서
다가오지 못하고
가혹하게 가느다랗게
나를 너를 비추는 빛은
위로할수록 힘들게 만들고
영원히 달랠 수 없는
지친 가슴속으로 스며들어

항공사고, 희생자를 추모하며

참억새
하늘에 먹구름이 드리울수록
깃털을 펼치고 나는 새들
세월 속에 돌이킬 길 없는
엇갈리지 않는 길 따라서
스러지지 않는 날갯짓 약속합니다

한낱 꿈속의 바쁜 나날 속에서도
아름다움으로 채우려는 우리 삶,
이미 마음속에서 묻히고 마는
가슴앓이일지라도 날아가도 머뭅니다

대방어

결 바랜 지난여름의
가 볼 수 없는 곳에
다 삭은 고운 님 얼굴은

숨 불어넣고 뜨거운
붉어지는 불빛 같고

아름찬 가슴에
노을빛 흠뻑 스미는
차디찬 물과 석양처럼
사뿐히 유혹에 앉았다가

오래오래 고운 님
감은 눈매 더듬는다

동치미

냇가에 흘러간
어느 날의 밤처럼
그리움 돌아

얼려 물고 있는
남긴 둥근 모서리
무채색 순한 속
제 살 깎는 숨겨둔 맛

그리고 난
묶어낸 허공에
지난날 겨울 삼킨 숨
자꾸만 잦아든다

귀를 여는 계곡물소리

물과 돌이 휘돌아
세게 부딪히는 소리
속엣말 귀에서 듣고
가슴에서 날아돌아 듣고

달 없는 날 먼 산 가득
얼려주려 고인 눈물
살푼 낮은 물소리
애틋한 사연 머무는가

겨울 대나무숲

저 속에서 비밀스럽게
울려퍼지는 대숲길 독경소리

숭숭 적막을 헤집는 소리에
꼭꼭 다져진 한 생애

겨울 온몸으로 우뚝 치솟은
자리 내어주고 열반에 오른 듯
보듬을 수 없는 칼바람에

수척한 어머니의 바람 든 뼈처럼
삶과 죽음 마주하고 서서 있나

그리움의 강

서녘 빛에
눈물같이 흐르는
푸른 별빛 강

어릴 때 꾸던
요정들의 꿈같아서

휘돌아 부는
찬 바람 모여서
빛을 내는 듯

슬쩍 기다리는 맘
그렁그렁 떨고 있네

솟구치는 후회

봄 되어 계절은
하늘로 날아오르는
던져놓은 새들처럼
거기 그대로
외치며 우는 구애

계절은 창공으로
하루로 묶어두지
못한 마음이라면

오는 봄마다
네 한 조각 뼈마디
부러트린 걱정
보이지 않는 봄

작은 배 한 척, 잊고
가라고 보내주마

붉은 해 지는 초저녁

숨어버린 해가 져도
환한 등불 켜지 말고
오늘 저녁은 콩이
듬뿍 들어간 밥만 더 주면

고요도 낯설지 않아
겨울 산, 그토록
철새 우는 날이면
늙긴 했지만 꿈꾼다네

남은 그리움

그대 비치는
달빛 번질 때
고요히 머뭇거리면서도
멈춰서 생각하노라

해 저물면 매일
던져진 망설임으로
하나 둘 셋 넷…
오래 기다릴수록
파고든 지평선으로

골목을 벗어나
나그네처럼 옛길
붙잡아야 하는
아끼던 오동나무 아래

먼저 떨어진 곳,
무엇인지 모를
그리움 일어나지 않는다면…
그대 저기 저
오동나무 잎 다시 떨어질까

가슴에 핀 꽃

하현달 저무는
그 서녘 빛에
가슴에서 묻고 산
보이지 않는 당신을

아련한 향기 같은
흩어지는 민들레
아득하게 떠올리며
당신을 불러 보고

자작자작 맹탕
끓어오르는 지닌 술병
잔뜩 넘치고 우는 날
눈 감아도 아릿하여라

아지랑이 오르는 봄

오래된 대문 앞에 서서
얼굴이 파래질 때까지
한 점 시름 내쉬다가
흩날리고 뭉툭한 마음
부려놓고 밖으로

주위에 겨우 담장 위
돋아난 연초록 풀잎과
맞은편에 서서 바라보고
내려다보고 마주쳤을 뿐

그제야 발견한
몸 낮춘 투명하게 비추는
빛에 매달려 올라가는
불씨 같은 봄날이여

청벚꽃 연심

마음에서 흘린 바람
엇갈리는 날 보려고
곁으로 맞닿지 않는
이름 새기지 못해
멀리 분홍빛 얼굴
씻겨 파래질 때까지

그대에게 데려가는
고귀한 추억 감싸고
진실 늘어놓아도
지나면 향기로와서
피어난 가지마다
내 뜨거운 입김
불어주고 싶다오

붉은 심장뿐

허영화 지음

발행처   도서출판 청어
발행인   이영철
영업   이동호
홍보   천성래
기획   육재섭
편집   이설빈
디자인   이수빈 | 구유림
제작이사 공병한
인쇄   두리터

등록   1999년 5월 3일
         (제321-3210000251001999000063호)

1판 1쇄 발행 2025년 5월 16일

주소   서울특별시 서초구 남부순환로 364길 8-15 동일빌딩 2층
대표전화 02-586-0477
팩시밀리 0303-0942-0478
홈페이지 www.chungeobook.com
E-mail   ppi20@hanmail.net

ISBN   979-11-6855-341-5(03810)

본 시집의 구성 및 맞춤법, 띄어쓰기는 작가의 의도에 따랐습니다.